LES
FLEURS DE MAI

OU
CHANTS EN L'HONNEUR
DE LA
VIERGE IMMACULÉE

J. M. J.

Ornons le sanctuaire
De nos plus belles fleurs,
Offrons à notre mère
Et nos chants et nos cœurs.
CANTIQUE.

AUCH
IMPRIMERIE ET LITHOGR. DE J. FOIX, RUE BALGUERIE.

1855

LES
FLEURS DE MAI.

CANTIQUES A LA SAINTE-VIERGE.

La veille du Mois de Marie.

Salut à toi, mois bien-aimé,
Qui portes le nom de ma mère !
Salut à ton souffle embaumé !
Salut à ta vive lumière !
Orne de roses le jardin,
Sème les fleurs dans la prairie :
Donne, le soir et le matin,
Donne des parfums à Marie.

Au champ tu prêtes ses couleurs,
Au bosquet son riant feuillage,
Au verger ses bouquets de fleurs,
A l'oiseau son joli ramage,
Ses jours sereins au doux printemps,
A tous ta présence chérie :
Prête-nous aussi des accents
Pour chanter un hymne à Marie.

Tendres zéphirs, brise des mers,
Berceaux, pavillons de verdure,
Senteurs qui parfumez les airs,
Echos des monts, léger murmure,
Bourgeons naissants, arbres touffus,
Lis des vallons, mousse fleurie,
Après le saint nom de Jésus,
Bénissez le nom de Marie !

Petits oiseaux, que chantez-vous
Quand l'aube blanchit la colline?

4

Qui vous dicta des chants si doux
Sur ces verts buissons d'aubépine?
Mêlez son nom à vos concerts,
Réservez votre mélodie,
Pour dire aux bois comme aux déserts
Les douceurs du nom de Marie!

Zélés ministres de sa cour,
Séraphins qui gardez son trône,
Esprits, ivres de son amour,
Anges, qui formez sa couronne,
Redoublez vos brûlants transports,
Déroulez des flots d'harmonie;
J'unis ma voix à vos accords,
Esprits de feu, chantons Marie!

Auguste mère de Jésus,
Montre-toi mon aimable mère!
Orne mon cœur de tes vertus,
Ouvre l'oreille à ma prière!
Prête la main à ton enfant,
Soutiens mes pas, Vierge bénie!
Instruis mon cœur reconnaissant
A te servir, douce Marie!

O Mois heureux!

O mois heureux! que notre âme attendrie
Depuis longtemps appelle de ses vœux,
O mois des fleurs! sois le mois de Marie,
Brille sur nous plus doux, plus radieux,
    O mois heureux! (*bis.*)

    Coulez beaux jours,
  Jours chers à l'innocence,
Jours où nos cœurs à Marie ont recours,
Jours qu'a choisis notre reconnaissance,
Jours dont Marie embellira le cours,
    Coulez beaux jours. (*bis.*)

Offrons des fleurs
A notre tendre mère,
Consacrons-lui ces présents de nos cœurs
Le lis si pur, la rose printanière,
La violette aux modestes couleurs;
Offrons des fleurs. (*bis*)

Petits oiseaux
Que le printemps ramène,
Célébrez tous par des concerts nouveaux
De l'univers l'aimable souveraine,
Et choisissez de vos chants les plus beaux,
Petits oiseaux ! (*bis.*)

O nom chéri
Que les oiseaux bénissent!
Nous t'écrirons sur l'arbuste fleuri,
Que de toi seul les échos retentissent,
Et que nos voix te chantent à l'envi,
O nom chéri ! (*bis.*)

Tendres agneaux,
Sous ce soleil prospère,
Suivons Marie au bord des clairs ruisseaux,
Sous ta houlette, ô divine bergère !
Soyons du ciel le plus cher des troupeaux,
Tendres agneaux ! (*bis.*)

O mois heureux!
Sois pour nous sans nuage,
Que ton azur longtemps charme nos yeux.
De notre reine, ah ! sois pour nous l'image,
Et resplendis de tout l'éclat des cieux,
O mois heureux ! (*bis.*)

Le Mois de Marie.

SOLO. Heureux enfants d'une mère chérie,
Dans vos transports unissez-vous;
Venez, venez à l'autel de Marie,
Tous à ses pieds prosternons-nous.

Chœur. Du mois de notre Mère
Voici venir le doux retour,
Parons son sanctuaire,
Répétons nos refrains d'amour :
Tendre Marie !
Mère chérie !
Nous t'offrons nos premières fleurs.
Tendre Marie !
Mère chérie !
Reçois nos chants, reçois nos cœurs.

Nous avons vu briller la douce aurore
Qu'appelaient nos soupirs et nos vœux ;
Du ciel sur nous vont reposer encore
Les bienfaits, les dons précieux.
Du mois, etc.

Déjà l'hiver de sa glaçante haleine
N'enchaîne plus le cours des eaux,
Et le ruisseau de la claire fontaine
Arrose nos champs de ses eaux.
Du mois, etc.

Aux noirs autans, compagnons des orages,
Enfin succèdent les zéphirs ;
L'astre du jour s'élève sans nuages,
Secondant nos pieux désirs.
Du mois, etc.

Du plus beau mois l'agréable présence
Soudain rappelle le bonheur ;
Il apparaît, et partout l'espérance
Verse un baume consolateur.
Du mois, etc.

Pour vous bénir, la riante nature,
Vierge, vous offre ses trésors ;
Les champs ont pris leur plus riche parure,
Les oiseaux leurs joyeux accords.
Du mois, etc.

Nous que ton cœur, Mère tendre et chérie,
Unit de l'amour le plus doux,
-Nous reviendrons chaque jour, ô Marie !
Redire tes bienfaits pour nous.
    Du mois, etc.

Nous reviendrons, au lever de l'aurore,
A tes pieds déposer nos fleurs;
Et si du temps la main les décolore,
Près de toi resteront nos cœurs.
    Du mois, etc.

C'est le mois de Marie.

C'est le mois de Marie,
C'est le mois le plus beau,
A la Vierge chérie
Disons un chant nouveau.

Ornons le sanctuaire
De nos plus belles fleurs,
Offrons à notre mère
Et nos chants et nos cœurs.

De la saison nouvelle
On vante les bienfaits,
Marie est bien plus belle,
Plus doux sont ses attraits.

L'étoile éblouissante,
Qui jette au loin ses feux,
Est bien moins éclatante,
Son aspect moins pompeux.

Une brillante aurore
Vient enchanter nos yeux,
Marie efface encore
Cet ornement des cieux.

Aimable violette,
Ta modeste beauté

Est l'image imparfaite
De son humilité.

La rose épanouie,
Aux premiers feux du jour,
Nous peint bien de Marie
L'inépuisable amour.

O Vierge, viens toi-même,
Viens semer dans nos cœurs
Les vertus dont l'emblème
Se découvre en ces fleurs.

Défends notre jeunesse
Des plaisirs séduisants,
Montre-nous ta tendresse
Jusqu'à nos derniers ans.

Fais que dans la patrie
Nous chantions à jamais,
O divine Marie!
Ton nom et tes bienfaits.

Le Mois des Fleurs.

SOLO. Reçois nos hommages
Dans ce mois des fleurs;
Retiens les orages
Sous tes pieds vainqueurs.
Ah! tes douces fêtes
Calment les tempêtes.
Toujours! (*bis*.)

CHŒUR. Divine Marie,
O Vierge chérie!
Sois mes amours,
Toujours.

Le Ciel doux et tendre,
Comme un cœur bien pur,

Pour toi vient d'étendre
Son voile d'azur;
Et la tourterelle
Dans nos bois l'appelle.
    Toujours. (*bis*)

La nature entière
Semble sous ta loi;
Hormis le tonnerre
Tout parle de toi;
Le chant des campagnes
Répète aux montagnes :
    Toujours, etc.

Qu'une main légère
Cueille en même temps
Les fleurs du parterre
Et le lis des champs;
Céleste immortelle,
Tu seras plus belle.
    Toujours, etc.

Espoir de la terre,
Délices du Ciel,
Dans la vie amère,
Fleur pleine de miel,
Brillante colombe,
Planant sur la tombe,
    Toujours , etc.

Garder l'innocence
C'est t'aimer encor;
Mais si l'inconstance
Perd ce doux trésor,
O Vierge céleste!
Ta bonté nous reste.
    Toujours, etc.

Ta main nous relève
En nous caressant;

Et comme un beau rêve
Au suprême instant
Ta couronne blanche
Sur nos fronts se penche.
Toujours, etc.

Une âme infidèle
Peut bien t'offenser,
Te chasser loin d'elle,
Jamais te lasser.
Son malheur t'implore
Tu reviens encore.
Toujours, etc.

Ah ! que l'on rougisse
De ne point t'aimer,
Et que tout s'unisse
Pour te proclamer.
Vierge entre les âmes,
Reine entre les femmes !
Toujours, etc.

Bénis tes Enfants.

Dans ce beau mois, lorsqu'au nom de Marie
Un doux soleil sourit aux jeunes fleurs,
Mère si tendre et toujours plus chérie,
Souris toi-même aux désirs de nos cœurs.

Vierge si chère
Aux premiers ans,
Sois notre mère
Et bénis tes enfants !

Voués à toi dès notre plus bel âge,
S'il faut connaître un monde criminel,
Près de Jésus, en dépit de l'orage,
Nous dormirons sur ton sein maternel.

Le noir dragon qui rôde avec furie
Veut nous ravir ce cœur, notre seul bien :

Mais c'est en vain, ce cœur est à Marie !
L'enfer, pour lui, ne trouvera plus rien.

D'un Dieu clément la tendresse éternelle
Nous donne au Ciel sa mère pour appui :
Heureux enfants ! en travaillant pour elle,
Nous sommes sûrs de travailler pour lui.

Ta volonté par nous sera suivie;
Oui, nous t'aimons, et nous venons t'offrir
Tout notre cœur, nos désirs, notre vie,
Et notre mort puisqu'il faudra mourir.
            Vierge si chère, etc.

L'Enfance de Marie.

C'est à l'ombre du sanctuaire,
Enfants, que votre tendre mère
A vu couler ses plus beaux jours,
Ses jours de paix, hélas ! si courts.

Si vous avez son innocence,
Si vous aimez le travail, le silence,
Heureux enfants, vous serez ses amours,
            Toujours !

Comme la fleur de la vallée
Croît doucement sous la feuillée,
Ainsi loin des regards mortels
Elle croissait près des autels.
      Si vous avez son innocence, etc.

Dans sa pieuse solitude,
La prière était son étude;
Elle y poussait d'ardents soupirs,
Elle y brûlait de saints désirs.

Sa voix comme celle des anges
Du Très-Haut chantait les louanges;
Ses accents purs, mélodieux,
Étaient comme un écho des Cieux

1.

Sans interrompre sa prière,
Elle parât le sanctuaire,
Veillait sur les saints ornements
Et le doux parfum de l'encens.

Souvent au jour des sacrifices
Elle offrait à Dieu pour prémices
Les grains de froment les plus beaux,
Et les fleurs et les fruits nouveaux.

Quand le pontife au jour de fête
Lisait la loi du saint prophète,
Elle écoutait avec bonheur
Et conservait tout dans son cœur.

Tendre victime, au Dieu qu'elle aime
Voulant s'immoler elle-même,
Elle entretenait nuit et jour
Dans son cœur le feu de l'amour.

Mère bénie entre toutes les mères.

Salut, ô Vierge immaculée !
Brillante étoile du matin,
Que l'âme ici-bas exilée
N'a jamais invoquée en vain !
De tes enfants exauce les prières,
Du haut des cieux daigne les protéger.
Mère bénie entre toutes les mères,
Sois-nous propice à l'heure du danger.

Quand, loin de cet aimable asile
De l'innocence et du bonheur
Où tu sus nous rendre facile
La loi sainte du Dieu sauveur,
Mille ennemis, mille cruelles guerres
Nous rendront lourd ce fardeau si léger,
Mère bénie entre toutes les mères,
Sois-nous propice à l'heure du danger.

Maintenant à l'abri du monde,
Notre âme goûte un doux sommeil;
Mais l'orage qui déjà gronde
Lui présage un triste réveil.
Bientôt, hélas! vers de lointaines terres
Nous voguerons, timides passagers!
    Mère bénie, etc.

Heureux l'enfant qui se confie
En tes maternelles bontés!
Il ne craint ni l'onde en furie,
Ni l'effort des vents irrités;
Autour de lui des barques étrangères
Il voit au loin des débris surnager.
    Mère bénie, etc.

Conduis au port notre nacelle,
Malgré les vents, malgré les flots :
Préserve-la, Vierge fidèle,
De l'écueil caché sous les eaux.
Sans ton secours, sans tes soins tutélaires,
La vague, hélas! viendra la submerger.
    Mère bénie, etc.

Veille sur nous, tendre Marie!
Surtout à l'heure du trépas;
Fais qu'en la céleste patrie
Ton fils nous reçoive en ses bras.
Quand, précédé d'éclairs et de tonnerres,
Avec rigueur il viendra nous juger,
Mère bénie entre toutes les mères
Sois-nous propice en ce pressant danger!

Memorare.

Souvenez-vous, ô tendre mère,
Qu'on n'eut jamais recours à vous
Sans voir exaucer sa prière,
Et dans ce jour exaucez-nous! (*bis.*)

Des siècles reculés j'interroge l'histoire,
Pour dire ses bienfaits ils n'ont tous qu'une voix :
Verrai-je en un seul jour s'obscurcir tant de gloire,
L'invoquerai-je en vain pour la première fois?

Souvenez-vous, etc.

Marie aux vœux de tous prêta toujours l'oreille,
Le juste est son enfant, il peut tout sur son cœur;
Mais auprès du pécheur, jour et nuit elle veille,
Il est son fils aussi, l'enfant de sa douleur!...

Et moi, de mes péchés traînant la lourde chaîne,
Vierge sainte, à vos pieds j'implore mon pardon;
Me voici tout tremblant, et je n'ose qu'à peine
Lever les yeux vers vous, prononcer votre nom.

Mais quoi! je sens mon cœur s'ouvrir à l'espérance;
Il retrouve la paix, il palpite d'amour;
Je n'ai pas vainement imploré sa clémence,
La mère de Jésus est ma mère en ce jour.

Mes vœux sont exaucés puisque j'aime ma mère,
Et que d'un feu si doux je me sens enflammé;
Je dirai donc aussi que malgré ma misère,
Son cœur m'a répondu quand je l'ai réclamé.

Je n'ai plus qu'un désir à former sur la terre,
Vierge Sainte, mettez le comble à vos bienfaits!
Que j'expire à vos pieds et dans ce sanctuaire
Si je ne dois au Ciel vous aimer à jamais.

Son nom d'Amour.

Chœur. C'est le nom de Marie
        Qu'on célèbre en ce jour,
        O famille chérie,
        Chantez ce nom d'amour!

        C'est le nom d'une mère,
        Chantez, heureux enfants,

Unissez pour lui plaire
Et vos cœurs et vos chants.
C'est le nom de Marie, etc.

C'est un nom de puissance,
Un nom plein de douceur,
Mais toujours sa clémence
Surpasse sa grandeur.

C'est un nom de victoire,
Il dompte les enfers,
Il nous donne la gloire
De briser tous nos fers.

C'est un nom d'espérance
Au pécheur repentant,
Un gage d'innocence
Au cœur juste et fervent.

Il n'est rien de plus tendre,
Il n'est rien de plus fort;
Le Ciel aime à l'entendre,
Pour l'enfer c'est la mort.

Il est doux à la terre,
Il est plus doux au Ciel;
Un cœur pur le préfère
A la douceur du miel.

La parole première
Que dit Jésus enfant
Fut le nom de sa mère
Qu'il dit en souriant.

Que le nom de ma mère
Au dernier de mes jours
Soit toute ma prière,
Qu'il soit tout mon secours!

C'est Elle qui console.

CHŒUR. Tendre Marie!
Mère chérie!

O vrai bonheur
Du cœur!
Ma tendre mère,
En toi j'espère,
Sois mes amours,
Toujours!

Tout ce qui souffre sur la terre
En toi trouve un puissant secours;
Ton cœur entend notre prière
Et ton cœur nous répond toujours.
    Tendre Marie, etc.

Tu nous consoles dans nos peines,
Tu viens à nous dans l'abandon,
Du pécheur tu brises les chaînes,
C'est toi qui donnes le pardon.

Ta douce main sèche nos larmes,
Ton nom si doux guérit nos maux,
Et nous trouvons encor des charmes
A te prier sur les tombeaux.

C'est toi qui gardes l'innocence
Dans l'âme des petits enfants;
C'est toi qui donnes l'espérance
Dans les cœurs flétris par les ans.

Tu te montres la mère aimable
Auprès du petit orphelin,
Celui que la misère accable
Auprès de toi trouve du pain.

Le matelot dans la tempête
Invoque l'étoile des mers;
L'étoile brille sur sa tête,
Et tu calmes les flots amers.

Je te consacre donc mes peines,
Je te consacre mes douleurs;
Unissant mes larmes aux tiennes
Je taris ma source de pleurs.

Nous ne t'oublierons jamais.

Vois à tes pieds, Vierge Marie,
Des enfants sur qui chaque jour
S'épanchent de ta main chérie
Les flots du pur et saint amour.

CHŒUR. Tous heureux dans ton sanctuaire,
Nous revenons célébrer tes bienfaits,
Crois-en nos cœurs, auguste et tendre mère,
Nous ne t'oublîrons jamais!
Non, non, non, non, jamais! jamais! jamais!

Le monde de sa folle ivresse
En vain nous offre les douceurs,
Loin de sa coupe enchanteresse
Une mère garde nos cœurs.
Tous heureux, etc.

Cent fois planant sur notre tête
La foudre a menacé nos jours;
Quand gronde la noire tempête,
Marie en détourne le cours.

Sur nous son regard tutélaire
Toujours repose avec bonheur;
L'encens de notre humble prière
Attire ses dons, sa faveur.

L'enfer en vain frémit de rage
Et contre nous lance ses traits;
Marie aide notre courage,
Nous ne succomberons jamais!

Vierge, notre douce espérance,
Nous t'en prions, guide nos pas,
Ta main conduisit notre enfance,
Protège-nous dans les combats!

A tes bontés, toujours fidèle,
Rends nos ennemis impuissants;
Daigne nous couvrir de ton aile,
Marie, exauce tes enfants.

L'Aurore.

CHŒUR. Lève-toi, belle aurore,
Et fais tomber encore
Sur la terre qui t'implore
Un rayon de tes feux!
Marie, ô tendre mère!
Jette encor sur la terre,
Qui t'aime et te révère,
Un regard de tes yeux,
Un doux regard de Mère!... (*bis*.)

Comme l'astre éclatant qui commande le jour
Seul peut donner naissance à la charmante aurore,
Ainsi le Dieu que l'univers adore
A seul donné la vie à la mère d'amour !

    Lève-toi, etc.

Si de ces doux rayons le soleil est l'auteur,
L'aurore du soleil à son tour est la mère;
Ainsi le Dieu d'éternelle lumière
Est sorti de ton sein, mère du Créateur !

Un regard de l'aurore épanouit les fleurs;
Un seul de ses rayons ranime la nature;
Et toi, Marie, et toi, Vierge si pure,
Par un de tes regards tu ranimes les cœurs.

Au lever de l'aurore, à son premier rayon,
On voit tomber partout une douce rosée,
Et de bienfaits notre âme est arrosée
Sitôt que de Marie elle connaît le nom.

Le tigre des déserts hurle pendant la nuit,
Au lever de l'aurore il rentre en son repaire;
A ton aspect, Marie, ô tendre Mère!
L'enfer vaincu se tait, Satan tremble et s'enfuit!

Soupirs.

REFRAIN. En ce jour,
O bonne
Madone,
Je te donne
Mon amour. (*bis.*)

1er COUPLET. Jour et nuit,
La terre
Entière,
Tendre Mère,
Te bénit.
En ce jour, etc.

Pour toujours,
Mon âme
S'enflamme,
Et réclame
Ton secours.

Si mon cœur,
O Mère
Si chère !
Peut te plaire,
Quel bonheur !

Par ton nom,
J'implore
Encore
De l'aurore
Un rayon.

O pécheur !
La bonne
Madone
Te pardonne
De bon cœur.

Qu'à jamais
Mon âme
S'enflamme

1...

Et proclame
Tes bienfaits.

En ton nom,
J'espère
Lumière,
Tendre Mère!
Et pardon.

Nuit et jour,
Ma lyre
Soupire
Pour te dire
Mon amour.

A la mort,
Qui prie
Marie
Plein de vie
Entre au port.

Litanies.

CHŒUR. Vierge Marie,
Nous avons tous
Recours à vous;
Mère chérie,
Priez, priez pour nous.

Elle est pure, Marie,
Comme le rayon des Cieux;
Belle toujours, jamais flétrie,
Du Seigneur elle a charmé les yeux.

Vierge Marie, etc.

Vierge pure et féconde,
Dans une extase d'amour
Elle enfanta le Dieu du monde,
L'Eternel, pour nous enfant d'un jour!

C'est la douce lumière
Qui seule charme les cœurs,
Son tendre regard nous éclaire
Et sa main vient essuyer nos pleurs.

C'est la Vierge puissante,
La mère du bel amour,
Elle est fidèle, elle est clémente,
Elle est reine au céleste séjour.

C'est la rose fleurie.
C'est le lis pur, virginal,
C'est le parfum de la prairie,
C'est le feu du rayon matinal.

Trône de la sagesse,
Cause de notre bonheur,
Vase de la sainte allégresse,
Vrai trésor des grâces du Seigneur.

Miroir de la justice,
Tour de David, maison d'or,
Des pécheurs, refuge propice,
Loin de nous elle chasse la mort.

C'est l'arche d'alliance,
C'est l'étoile du matin,
C'est le baume de l'espérance
Dans un cœur blessé par le chagrin.

C'est la reine des Anges,
C'est la reine des Élus;
Au Ciel tout chante ses louanges,
Ses bienfaits, sa gloire, ses vertus.

Invitation à louer Marie.

REFRAIN. Chantons, chantons de Marie
    Les maternelles faveurs,
    Et que l'univers publie
    Ses ineffables grandeurs.

Que la tendre enfance;
De son innocence
Nous prête la voix,
Et que la jeunesse,
Et que la vieillesse
Disent à la fois :
Chantons, etc.

Et vous aussi, chœurs des Anges,
Venez, en ce beau séjour,
Exalter par vos louanges
La Mère du bel amour.

Fut-il sur la terre
De plus tendre mère
Envers ses enfants ?
Pour tant de tendresse,
Montrons-nous sans cesse
Tous reconnaissants.

Si son amour est extrème,
Chérissons-la sans retour :
N'est-il pas juste qu'on aime
La Mère du bel amour ?

Pour nous, tout est piége,
L'enfer nous assiége,
Nous allons périr :
Toi seule, ô Marie !
Contre sa furie
Peux nous secourir.

Sauvés par ta main puissante,
Au ciel nous louerons un jour
D'une voix reconnaissante
La mère du bel amour.

Jurons pour toujours.

Jurons pour toujours, pour toujours à Marie,
Jurons pour la vie un éternel amour.

Du haut des cieux, Reine des Anges,
Ecoute nos chants et nos cœurs :
Prête à nos voix, à nos louanges,
De tes Séraphins les ardeurs.
    Jurons, etc.

Pour célébrer tes douces fêtes,
Nous voudrions des cœurs pleins de feux;
Toi, des reines la plus parfaite,
Ecoute-les, entends nos vœux.

Oui, tous nos cœurs, divine Mère!
Pour toujours seront tous à toi;
Ils ne battront que pour te plaire,
T'aimer sera leur douce loi !

Dans ton amour, ô Vierge aimable !
Nous trouverons notre bonheur;
Cet amour, bien si désirable,
Il vivra plus que notre cœur !

Hommage à la Très Ste-Vierge.

Adressons notre hommage
A la reine des cieux,
Elle aime de notre âge
La candeur et les vœux.

REFRAIN. Du beau nom de Marie
Faisons tout retentir,
Qu'elle même attendric
Daigne nous applaudir. (*bis.*)

Tout ici parle d'elle,
Son nom règne en ces lieux;
Nous croissons sous son aile,
Nous vivons sous ses yeux.
    Du beau nom, etc.

Nous tous qu'elle rassemble
Au pied de son autel,

Jurons-lui tous ensemble
Un amour éternel.

O Vierge sainte et pure !
Notre cœur en ce jour
Vous promet et vous jure
Un éternel amour.

Protégez-nous sans cesse
Dès nos plus tendres ans;
Guidez notre jeunesse,
Veillez sur vos enfants.

Marie, notre Espérance et notre Vie.

Salut, douce Marie,
Mon trésor et ma paix,
Salut, mère chérie,
Toi que j'aime à jamais!
Dès ma plus tendre enfance
Je te donnai mon cœur,
Et ta reconnaissance
Me donna le bonheur.

O reine toute belle,
Ton doux ressouvenir
Me fait quand je t'appelle
Palpiter de plaisir.
Mon âme en est ravie
Et mon cœur en émoi;
Oh! quel bonheur, Marie,
Lorsque l'on pense à toi !

Sur la mer de ce monde
Où je vogue incertain,
Tout mon espoir se fonde
Sur ton pouvoir divin.
Oh! sois ma bonne étoile,
Prends pitié de mon sort,
Et fais qu'à pleine voile
J'entre, enfin, dans le port.

Sous ton aile chérie,
Douce mère d'amour,
Je veux passer ma vie
Jusqu'à mon dernier jour.
Ferme alors ma paupière
De ton doigt maternel,
Pour la rouvrir, ma mère,
Pour la rouvrir au Ciel.

Serre, serre la chaîne
Qui captive mon cœur!
Dans les fers de ma reine
Je trouve le bonheur.
Ton captif, ô Marie!
Je ne m'appartiens plus;
Donne-moi, je t'en prie,
En garde à ton Jésus.

T'aimer, toujours! t'oublier, jamais!

Vierge sainte, rose vermeille,
Toi dont nous aimons les autels,
Du haut des cieux prête l'oreille
A nos cantiques solennels.
Tu sais que nous voulons te plaire,
T'aimer, te bénir tous les jours :
Vierge, montre-toi notre mère,
    Toujours!

Celui qu'écrasa ta puissance
Veille à la perte de nos cœurs,
Et pour nous ravir l'innocence,
Sur nos pas il sème des fleurs.
Nous pourrions, ingrats, te déplaire,
Toi, qui nous combles de bienfaits!
Nous t'oublier, auguste mère!
    Jamais !

Du mondain si l'indifférenc
D'amertume abreuve ton cœur

Lors même que dans ta clémence
Tu tends les bras à son malheur,
Nous, du moins, nous voulons te plaire,
T'aimer, te bénir tous les jours,
Vierge, montre-toi notre mère !
Toujours !

Malheur à l'aveugle coupable
Qui trahirait l'heureux serment
Qu'il te fit, reine toute aimable,
De te servir fidèlement.
Plutôt mourir que te déplaire,
Toi qui nous combles de bienfaits,
Nous t'oublier, auguste Mère,
Jamais !

La Bergère fidèle.

SOLO. Je suis la bergère fidèle,
La mère du divin Pasteur;
Agneaux chéris, sous ma tutelle
Vous goûterez le vrai bonheur.
La bergère fidèle
Vous appelle,
Agneaux chéris, l'entendez-vous ?
Venez, venez près d'elle,
Agneaux chéris, venez tous.

CHŒUR. Divine Bergère,
Recevez notre cœur;
Ah ! soyez notre mère,
O Mère du bon Pasteur !

Venez, venez, de ma tendresse
Vous goûterez tous les bienfaits;
Venez, venez, et la tristesse
N'altèrera plus notre paix.
La Bergère, etc.

A l'horizon, d'épais nuages
Se déroulent au sein des airs;
La foudre gronde, et des orages
Brillent les terribles éclairs.
    La Bergère fidèle, etc.
    Divine Bergère, etc.

Ne craignez plus la dent cruelle
Du loup, meurtrier ravisseur,
Vivez en paix sous ma tutelle :
Loin de vous fuira le malheur.
    La Bergère fidèle, etc.
    Divine Bergère, etc.

Venez, sur la rive fleurie
Ma main guidera tous vos pas,
Et de la riante prairie
Vous goûterez les doux appas.
    La Bergère fidèle, etc.
    Divine Bergère, etc.

Pour vous, de la claire fontaine
Couleront les limpides ruisseaux;
L'ombre tutélaire du chêne
Vous couvrira, tendres agneaux.
    La Bergère fidèle, etc.
    Divine Bergère, etc.

Sous la houlette de Marie,
Chers agneaux, vous serez heureux;
Et pour vous, au soir de la vie,
S'ouvrira le bercail des cieux.
    La Bergère fidèle, etc.
    Divine Bergère, etc.

Notre-Dame des Victoires.

Faibles mortels, que l'espérance
Calme nos pensées, nos douleurs;
Le Ciel sur nous dans sa clémence
Verse de nouvelles faveurs.

D'un nom chéri, la douce gloire
Vient d'apparaître à l'univers,
Marie a vaincu les enfers,
Et nous la proclamons reine de la victoire!

CHŒUR. Toujours, Mère de Dieu,
    Oui, toujours à nos cœurs,
        Ta bannière
        Sera chère,
    Et ta douce lumière
    Guidant nos pas vainqueurs,
        Notre vie,
        O Marie!
Méritera ton amour, tes faveurs,

Relevez-vous, tribus lointaines,
Peuples vaincus, brisez vos fers;
Soyez heureux, brisez vos chaînes,
De Satan, fuyez les rigueurs.
Il s'est levé le jour de gloire,
Vos soupirs ont fléchi les Cieux;
Marie! ô frères malheureux,
Se montrera pour vous reine de la victoire!

        Toujours, etc.

Et vous, esclaves de la terre,
Déplorez enfin votre sort,
Soyez heureux, brisez vos chaînes,
Sortez des ombres de la mort.
Unissez-vous à notre gloire,
Venez partager nos combats,
Marie aide, soutient vos pas,
Elle est, vous le savez, reine de la victoire!

        Toujours, etc.

C'est vainement, Vierge Marie,
Que l'enfer frémit contre nous;
Tes enfants bravent leur furie
Et méprisent son noir courroux.

Sur tes pas ils verront la gloire
Toujours couronner leurs efforts,
Toujours cédant à leurs transports
Leurs cœurs te béniront, reine de la victoire !
    Toujours, etc.

Saint étendard de notre mère,
Nous en faisons le doux serment,
Nous te suivrons dans la carrière
Unis jusqu'au dernier moment;
Et quand viendra le jour de gloire
Marie entendra les vainqueurs,
Autour de toi, formant leurs chœurs,
La proclamer encore reine de la victoire !
    Toujours, etc.

Consécration à Marie.

De ton mois, ô Marie !
Fêtons le plus beau jour;
Ta famille chérie
Vient t'offrir son amour.

CHŒUR. Sur ton sein, tendre mère,
Ah ! presse tes enfants,
Souris à leur prière,
Rends leurs cœurs innocents.

Vierge, en ton sanctuaire,
Descends du haut des cieux,
Et dans ce jour prospère
Sur nous fixe les yeux.

L'innocence, ô Marie !
Sans tes secours puissants,
Hélas ! serait flétrie
Dès nos plus tendres ans.

Oui, la brûlante rage
Du tyran des enfers

Prépare au plus bel âge
Le vice avec ses fers.

Mais en vain sa furie
S'allume contre nous,
Dans les bras de Marie
Qui craindra son courroux ?

Et toi, monde perfide,
De fleurs sème tes pas;
Trop infidèle guide
Je ne te suivrai pas.

De ma propre faiblesse,
Ma mère, défends-moi;
Conserve à ma jeunesse
Les vertus et la foi.

Une couronne à Marie.

Pourquoi cette vive allégresse
Qui brille sur nos fronts joyeux;
Pourquoi ces nouveaux chants d'ivresse
Dont retentissent ces beaux lieux.
Enfants, d'une Mère chérie,
Pour fêter ce mois vénéré,
Portons nos tributs à Marie,
Au pied de son trône sacré.

Chœur. Vierge, reçois cette couronne,
Fais qu'elle soit le gage heureux
De celle qu'auprès de ton trône,
Tu nous réserves dans les cieux.

Pour la gloire de votre Reine,
Quittant vos sacrés pavillons,
Autour de votre souveraine,
Anges, rangez vos bataillons.
Le front incliné vers la terre,
Mêlez votre amour et vos chants

A ceux que pour leur tendre Mère
Font éclater tous ses enfants.
  Vierge, reçois, etc.

Et vous, ornement de la terre,
Croissez, croissez, charmantes fleurs;
C'est pour le front de notre Mère
Que nous destinons vos couleurs.
Vierge, ici-bas pour ta couronne
Les fleurs nous offrent leurs présents;
Fais qu'un jour, auprès de ton trône,
Ta couronne soit tes enfants!
  Vierge, reçois, etc.

Hélas! de la saison nouvelle
Les fleurs ne bravent point le temps,
Mais les dons d'une âme fidèle
Durent plus que leur doux printemps;
De tes vertus, ô Vierge pure,
Si tu daignes nous revêtir,
Rien ne flétrira la parure
Dont tu sauras nous embellir.
  Vierge, reçois, etc.

Marie, aimable protectrice,
Sur tes enfants jette les yeux,
Vers eux étends ta main propice
Et prête l'oreille à leurs vœux.
Nous demandons tous l'espérance,
De la foi le précieux don,
L'innocent la persévérance,
Et le coupable son pardon.
  Vierge, reçois, etc.

Un Serment à Marie.

Jour mille fois heureux! offrande salutaire!
C'en est donc fait, Marie a reçu nos serments,
De la Mère d'un Dieu nous sommes les enfants!
Honneur, respect, amour à notre auguste Mère!

Chœur.

Oui, nous l'avons juré, nous sommes ses enfants,
Nous faisons de nos cœurs le don le plus sincère;
Que la terre et les cieux redisent nos serments :
Guerre au monde! à Satan! Amour à notre Mère!

Si, parjure à mes vœux, je te quitte, ô Marie!
Que ma langue à l'instant s'attache à mon palais,
Que ma droite séchée atteste pour jamais
Aux yeux du monde entier ma lâche perfidie.
      Oui, nous l'avons juré, etc.

Si, pour nous enchaîner, des faux biens de la vie
Le monde offre à nos yeux les attraits imposteurs,
Disons-lui, repoussant ses funestes douceurs :
Mon cœur n'est plus à moi, mon cœur est à Marie !
      Oui, nous l'avons juré, etc.

Que l'enfer de sa rage excite la tempête,
Soulève contre moi les flots de son courroux:
Vaine fureur!... Marie a triomphé pour nous;
Pour nous, du vieux serpent elle a brisé la tête.
      Oui, nous l'avons juré, etc.

Ainsi, toujours vainqueurs, dans une paix profonde,
Nous goûterons des saints les plaisirs ravissants,
Foulant avec dédain sous nos pieds triomphants
Les pompes de Satan, les vains plaisirs du monde.
      Oui, nous l'avons juré.

Pour prix de nos efforts, un nuage de gloire
Au ciel nous portera quand s'éteindront nos jours;
Là, de nos longs travaux délassés pour toujours,
Nous nous reposerons au sein de la victoire.
      Oui, nous l'avons juré, etc.

Étoile de la mer! exposés aux naufrages,
Sans guide, loin de toi, quel serait notre sort?
Brille toujours pour nous, fais-nous surgir au port;
Pour nous calme les flots, dissipe les orages.
      Oui, nous l'avons juré, etc.

Cantique à l'Esprit-Saint.

Esprit-Saint, descendez en nous,
Embrasez notre cœur de vos feux les plus doux.

Sans vous, notre vaine prudence
Ne peut, hélas ! que s'égarer;
Ah ! dissipez notre ignorance,
    Esprit d'intelligence,
    Venez nous éclairer.

Le noir enfer, pour nous faire la guerre,
Se réunit au monde séducteur;
Tout est pour nous embûche sur la terre :
Soyez, soyez notre libérateur.

Enseignez-nous la divine sagesse;
Seule elle peut nous conduire au bonheur;
Dans ses sentiers qu'heureuse est la jeunesse,
Qu'heureuse est la vieillesse!

Nous consacrons, ô Marie, à vous plaire
Jusqu'au dernier de nos jours de nos ans,
Toujours, toujours, vous serez notre Mère,
Toujours, toujours, nous serons vos enfants.

Cantique aux Saints Anges.

O vous, qui contemplez l'Eternel sur son trône,
Sublimes Chérubins, Séraphins glorieux !
Purs esprits que l'éclat de sa gloire environne,
J'honore vos grandeurs, je vous offre mes vœux.

Celui qui vous forma, comme un généreux maître,
Vous comble à chaque instant des plus grandes faveurs.
Heureux de ses bienfaits, heureux de le connaître,
Vivez dans son amour, gagnez-lui tous les cœurs.

Publiez qu'il est saint, qu'il est grand, qu'il est sage;
Louez-le en tout temps, louez-le en tous lieux,

Et présentez pour nous le plus parfait hommage
A ce Dieu tout-puissant qui règne dans les cieux.

Ah ! nous vous en prions, soyez notre lumière,
Faites-nous éviter les piéges de l'erreur,
Et soutenez nos pas dans la sainte carrière
Qui doit se terminer à l'éternel bonheur.

Cantique en l'honneur de l'Ange Gardien.

Ange de Dieu,
Ministre de sa providence,
Ange de Dieu,
Qui daignez me suivre en tout lieu,
A l'ombre de votre présence,
Garantissez mon innocence,
Ange de Dieu. (*bis.*)

Dans cet exil
Soyez sensible à ma misère;
Dans cet exil
Sauvez mes jours de tout péril.
Soyez ma force et ma lumière,
Mon maître, mon ami, mon père,
Dans cet exil. (*bis.*)

Cantique à St-Joseph.

Ton épouse chérie,
Grand Saint, fait ton bonheur.
Digne époux de Marie,
Tu possèdes son cœur.
Oui, ton crédit suprême,
Aujourd'hui dans les cieux,
Auprès d'elle est le même
Qu'il fut dans ces bas lieux.

Mon Jésus sur la terre
A vécu sous vos lois,

Dans la cité prospère,
Il vous laisse ses droits.
Quand c'est l'amour qui prie,
Son pouvoir est vainqueur,
O Joseph ! ô Marie !
Obtenez-moi son cœur.

O famille céleste !
Loin du divin séjour
J'oublîrai tout le reste
Si j'obtiens votre amour.
Doux espoir de ma vie
Et mon unique bien,
Contente mon envie
Et je ne veux plus rien.

O Trinité chérie,
Délices des élus !
O Joseph ! ô Marie !
O mon divin Jésus !
Vous, mon bonheur suprême,
Vous, mes tendres amours,
Oui, mon cœur qui vous aime
Vous aimera toujours.

Autre Cantique à St-Joseph.

Chaste époux d'une Vierge mère,
Qui nous adopta pour enfants,
Vous êtes aussi notre père,
Vous en avez les sentiments.

Qu'il est beau, qu'il est plein de charmes,
Ce lis qui brille dans vos mains !
Sa céleste blancheur efface
La couronne de tous les saints.

O chef de la trinité sainte !
Saint Patriarche, ô noble époux !

Joseph, ouvrez-moi cette enceinte
Où mon Dieu vécut avec vous.

Dites-moi quel fut son silence,
Sa douceur, son humilité,
Son admirable obéissance,
Et son immense charité.

Apprenez-moi comment on l'aime,
Comment il reçoit notre amour,
Comment, pour sa beauté suprême,
Mon cœur doit brûler chaque jour.

Daignez tous les jours de ma vie
Veiller sur moi, me secourir,
Et qu'entre Jésus et Marie
Comme vous je puisse mourir.

Cantique à St-Louis de Gonzague.

Heureuse l'âme pure,
Qui conserve son cœur
Sans tache et sans souillure
Aux yeux du Créateur!
Le juste que je chante
Fut un de ces élus
Dont la vie innocente
N'offre que des vertus.

Né sous d'heureux auspices,
Gonzague, encore enfant,
Donne à Dieu les prémices
De son cœur innocent :
N'attends pas qu'il s'engage,
Monde, dans tes liens;
Le ciel est son partage,
Offre à d'autres tes biens.

Ton sein, tendre Marie,
Nous fut toujours ouvert,
Sous ton aile chérie
Gonzague est à couvert.

Les plus précieux gages
D'un secourable appui
Sont le prix des hommages
Que tu reçus de lui.

Pure et tendre victime,
Il vient à ton autel,
Dans l'ardeur qui l'anime,
S'offrir à l'immortel :
Là, de ton sacrifice,
Fidèle imitateur,
Sous ton regard propice
Il s'immole au Seigneur.

Où la grâce l'appelle,
Il vole avec amour
Tout brûlant d'un saint zèle
D'être à Dieu sans retour.
Le monde lui destine
La fortune des rois;
Mais il choisit l'épine
Et s'attache à la croix.

Hélas! il touche à peine
Au printemps de ses jours
Que la mort inhumaine
En arrête le cours.
Mais la vie innocente,
Le saint emploi du temps,
Donne à l'âme fervente
Le mérite des ans.

Une éternelle gloire
Couronne ses vertus;
Partout, à sa mémoire
Mille honneurs sont rendus;
Il voit à sa puissance
Les éléments soumis,
Ainsi Dieu récompense
Ses saints et ses amis.

TABLE DES CANTIQUES.

———

www.ingramcontent.com/pod-product-compliance
Lightning Source LLC
Chambersburg PA
CBHW060845180626
46818CB00004B/1590